바람꽃

바람꽃

발　행 | 2021년 5월 15일

지은이 | 김세환
펴낸이 | 신중현
펴낸곳 | 도서출판 학이사

　　　출판등록 ： 제25100-2005-28호
　　　주　　소 ： 대구광역시 달서구 문화회관11안길 22-1(장동)
　　　전　　화 ： (053) 554~3431, 3432
　　　팩　　스 ： (053) 554~3433
　　　홈페이지 ： http://www.학이사.kr
　　　이 메 일 ： hes3431@naver.com

ISBN _ 979-11-5854-297-9　03810

바람꽃

김세환 시조집

學而思 학이사

자서

소중한 인연의 자락
한 잎
한 잎
가다듬어

밤낮
콜록이며
힘겹게 피워낸 꽃

오가며
눈길 주지 않아도
작고 예쁜
바람꽃

2021년 젖은 오월에
김세환

차례

1부_ 바람길

2부_ 깨우다

3부_ 들꽃 다시 피다

4부_ 천식일기

1부

바람길

작은 슬픔에게
– 꽃무릇

아직 남은 달빛으로
바람 비켜서서

며칠째 뼈를 깎아
불면의 불 밝히고

골 깊은 슬픔 죄다 태울 순종의 젖은 꽃잎.

고독한 담금질에
이젠 피멍이 들어

모두 떠안고서도
언제나 잔잔한 속

도도한 붉은 속울음 제 꽃대를 뚝 꺾다.

바람길

언어의 풀밭에서 언어를 잃어버리고
꽃비로 지기 위해 맑은 바람길 따라

순교한
빈 가을 앞에
조용히 무릎 꿇다.

허전한 풍경들이 그냥 그 자리에
편한 웃음으로 흔들리며 서 있는 곳

계절의
끝자락에서
일러주는 바람길.

아스라한 강

옛 선인은 하룻밤 강 아홉 번 건너셨는데
맑은 물길 저어 간절한 목마름으로
긴 시간 건너다닌 강 건넌 게 아니었네.

알 수 없는 그 깊이도 환한 믿음으로
흔들리는 흐름 따라 눈 감고 건너면서
강물 속 고요히 흐르는 쓸쓸함 왜 몰랐을까.

숨 죽여 쑥물이 된 울음을 감추어둔
거슬러 젖는 슬픔 미처 알지 못하고
오가며 술렁거리다 물빛만 얼룩인 것을

명치 끝 아려오는 조용한 물결 위에
낮은 물소리로 꽃잎 몇 장 띄우던 날
잠기듯 스며들어 오는 아스라한 강이었네.

담양의 봄날에

그대
등대로부터
자유로운 새가 되어

담양 가로수길 옆
우뚝 세운 남촌 미술관

지난날 그리움 엮어 함께 펼친 시와 그림.

그날의 꽃비 오는
환장할 이 봄날에

서로 잊고 살아온
유년의 파도도 담아

남은 날 그대 그림 속에 다시 젖을 나의 시.

그 바다에 와서 · 3
  – 명태 덕장에서

먼 길 함께 떠돌던 흐린 기억 너머
아직 내게 남은 착한 이름들 위해

차가운 덕장 높이 걸려
기꺼이 난장 맞다.

혀끝에 되감기는 아늑한 입맛으로
눈 속 깊이 출렁이는 파도도 비워내고

탁 트인 해풍 한 소절에
굳어가는 바람의 끝.

향기로 안기다

거친 바람 앞에
온몸으로 지켜내던

카랑한 눈빛 고운
여린 꽃잎이더니

간절한 기도로 담아 묵란 한 잎 피워내고.

노오란 은행잎마다
잔기침 심하던 날

편한 몸짓으로
서로의 버팀목 되어

늦가을 가득한 황국 착한 향기로 안기다.

물소리로 읽다
– 울주군 천전리 각석

초행길 어색한 만남 왠지 낯설지 않아
서툰 안목으로 숨죽여 헤아려보면

조용한
설렘으로 오는
어느 우직한 얼굴.

무딘 연장의 끝 뜨거운 핏물로 달궈
간절히 새겨 놓은 소중한 그날의 말씀

창포 꽃
갯가에 앉아 맑은
물소리로 읽다.

촛불

눈 덮인 장독 위의 어머니 간절함으로
시린 손끝마다 제 몸 태워 밝혀내던

오늘도 거리를 깨워
뜨겁게 타는 목숨.

거친 바람 앞에 온몸으로 휘저어도
다시 일어나서 풀어내는 한 자락 신명

신새벽 어둠 살라먹고
아침 여는 꽃들이여.

에반젤리나 수녀 · 2

모두
내 아픔이라
간절히 무릎 꿇고

유년의 시린 손 모아
드리는
눈물의 기도

낮은 곳
거친 들길에서
편한 웃음꽃 피다.

찻상

소중한
인연 따라
기꺼이 몸 낮추고

옷깃 가다듬어
온몸으로 받쳐 올린

차 한 잔
젖어오는 향
무심천을
건너다.

손맛

끈적이며 달라붙는 벅찬 힘겨움에도
야무진 손길 따라 스며든 부드러움

결마다
되살아나는
깊은 손맛에 젖다.

힘겨운 고비마다 달래준 고향의 맛
한 입 깨물어 보면 입 안 가득 배어드는

쪽마루
등 너머 배운
그리운 엄마의 손맛.

치자꽃 다시 피다

비우고 또 비워내던 어리석은 지난날에

아침 창가 금침 놓듯 두고 간 짙은 향기

해마다
노란 그리움만 송이마다 영글더니.

지친 밤 허적이다 빗소리 가득한 날

숨결 다독이며 깊이 스며드는

이 아침
젖은 가슴 속 치자꽃 다시 피다.

젖은 오월

그냥 지나려다 자꾸만 돌아다 뵈는

거친 잡풀 속에
밝게 핀 여린 민들레

언제나
편한 웃음으로
안겨오던 꽃이었지.

지난날 동산에서 힘든 가락 다듬더니

맑은 목소리로
지친 가슴 젖게 해도

단 한 번
햇살이지 못해
미안한
젖은 오월.

그림씨

바지랑대
높이 걸린
따스한 햇살 따라

내 속
좁은 틈 새
아직도 찾아든 가을

눈 시린
쪽빛 가득 내려
다시 쓰는
그림씨.

껍질 깨다

아직도 놓지 못한
어리석은 애증을 향해

쏜 화살 되돌아와
깊이 꽂혀 와도

파계사
저녁 종소리
교만의 껍질 깨다.

비온 뒤 맑은 계곡물
속살 드러내며

풍경소리 품어 안고
조용히 흐르나니,

종장을
휘감아 도는

젖은 시인 돌아보다.

낙수 소리

힘겹게 벗은 굴레
스스로 어둠에 젖어

생각 그 깊이에
끝없이 내리는 비

아직도
내려놓지 못한
낙
수
소
리
한 음계音階.

2부

깨우다

방천시장 · 3

어제의 젖은 피로 기지개로 털어내고
언제나 다정한 웃음 밝은 하루를 여는

낯익은 좁은 골목마다
어머니를 만난다.

봄이면 긴 골목 안 꽃향기로 가득했던
옛집 높은 베란다 지금도 올려다보면
그날의 환한 미소로 개나리가 피고 있다.

엉킨 실타래처럼 가닥을 놓쳤어도
짙은 향기 속에 해맑게 웃으시던

오늘도 꽃 덤불 속에 핀
어머니를 만난다.

어리연꽃

봄밤 아름다운 날

별 하나 품에 안겨

여리고 힘겨운 시간

서툰 몸짓으로

사랑 법

가르쳐 주는

해맑은 어리연꽃.

봄꽃으로

스쳐 지나다 머문

착한 인연의 자락

힘겨운 기다림의

벅찬 기쁨으로 와

대보름

넉넉한 품에

봄꽃으로 안기다.

동인동에 가면 · 1

어머니
발돋움으로
죽 한 그릇 넘겨주시던

그날의 동심만 남은
초등학교 작은 동문

이따금
더딘 걸음마다
마른버짐 다시 돋다.

동인동에 가면 · 2

시간은 억새처럼 물들어 흩날려도
주눅 든 전학 첫날 내게 내밀던 손

육십 년
잡아 보아도 그날 같은 내 친구.

그냥 바라만 봐도 능히 헤아리고
술 한 잔 마주하며 되씹어도 쫄깃한 얘기

동인동
그 골목길 따라
오늘도 만나러 간다.

그날의 스물일곱
 – 사촌 아우에게

돌아와 무릎 꿇은 불효자 이름으로
켜켜이 굳게 다진 하늘 문 열고서야
꽃다운 젊은 스물일곱
어머니를 뵙습니다.

넉자 깊은 쉰여섯 해 긴 어둠 퍼 올리면
눈 밟혀 떠나지 못한 그날의 슬픔에 젖어
남기신 고운 치열 속
곧은 말씀 읽습니다.

젖 한 번 물리고픈 간절한 모정도 삼켜
아기 방 꿈길에서 못다 부른 자장가
흰머리 부끄러운 날
오늘에야 듣습니다.

눈 내리는 날
– 고모님께

모두 떠난 자리 계절이 다시 돌아와
꽃가지 흔들어 놓고 바람 한 점 지나가도

순종의
착한 영혼으로
홀로 지킨 이 자존.

작은 그리움마저 지워진 허전한 가지
무성한 그날처럼 고운 눈꽃이 피면

아린 속
적시는 음성
무심으로 듣는다.

폐차廢車하던 날

어머니 젖은 쌈짓돈 축원 깊던 그날 이후
똑같은 심박동 소리 하나의 목숨으로
힘겨운
굽은 길 따라
함께 나눈 스무 해

거칠고 별난 천성 서툰 뜀박질에도
언제나 낮은 자세 숨 고르며 지켜주던
뼈 깎는
순종 배우며
생솔가지 찢는다.

멈칫 망설이며 한 번쯤 뒤돌아볼
작은 기대마저 한 순간 무너뜨린
허전한
별리의 시간
쟁여오는 가을빛.

가을 사랑

피곤도 감추어둔 웃음으로 너스레 떨며
먼 길 힘겹게 와 서둘러 떠나간 후

흩어진 재롱과 웃음
낙엽처럼 주워 담고.

평생 짐이라는 자식의 짐이 되어
입 안 가득 맴도는 사랑 체증처럼 삼키는 날

허전한 창가에 앉아
가을 한 겹 또 접다.

외가길

산허리 휘돌아 서면
소름 돋는 상엿집 너머

마른버짐 번져가듯
듬성듬성
피는 산 벚꽃

꽃가루
잦은 재채기에도
신명나던
외가길.

그날의 달

아파트 높은 베란다
창살 마구 흔들며

어머니
목쉰 절규
무너지던 그날에도

먼 바다
앞섶 적시며
요요하게
높이 뜬 달.

못[釘]

어머니 이장移葬하며 조심스레 여며봐도

지난날 모질게 박은 대못 하나 찾지 못해

때 늦은

가증스런 눈물 속

웃고 있는 산 벚꽃.

등나무 의자

낮은 헛기침으로
새벽을 깨우시던

아직 송구함이 밴
편한 등나무 의자

아버님
온기로 앉으면
그리움 허기지다.

이름씨

돌아갈 길목에 만난 백발의 애틋한 자매

서로 간절했던 절박한 말
'이름이 머꼬'

잊고 산
긴 시간만큼
안타까운
이름씨.

깨우다

지쳐
풀어진 태엽
감고 또 감으면

긴 잠
깨어나는
아버지 손목시계

활기찬
긴 초침 따라
다시 듣는
목소리.

밤 전화

힘겨운 종부의 삶
숨죽여 살아오신

늦은 밤 조심스런
어머니 전화 목소리

그리도 간절하신 줄 그때는 왜 몰랐을까.

이따금 젖어오는
아린 그리움 있어

빛바랜 흑백사진
얼룩이며 기다리는

하얀 밤 더디 새워도 오지 않는 밤 전화.

선산 외곡지에서
 − 이장移葬하던 날

명절날 따라다닌 유년의 성묫길을
할아버지 나이쯤에 망주석望柱石 높이로 서면
어쩌면 바람소리일까
귀 기울여 듣던 말씀

필사본 족보에서 처음 뵌 그날 이후
어린 가슴에 남은 흰 수염의 도포 입은
아득히 우리 할아버지
할아버지의 할아버지

즈믄 잠 깨어나신 핏줄의 뜨거운 만남
두 손 공손히 모신 낯익은 내 종아리뼈
인연의 씨앗이 자라
할아버질 뵙습니다.

꽃길 마음껏 걸으소서
    – 외숙부님께

한 점 부끄럼 없이 한길만 걸으신 것은
어린 가슴 스며들던 낮은 댓잎 소리와

소쩍새 허기져 우는
깊은 울음 때문입니다.

힘겨워도 행복해하신 긴 시간 돌아보면
배움에 목이 마른 어린 눈빛을 위한

외로운 참스승의 길
고마운 길이셨습니다.

사랑과 눈물로 자란 그날의 새싹들은
푸른 숲이 되어 꽃동산 이루었으니

남은 날
아름다운 꽃길
마음껏 걸으소서.

3부

들꽃 다시 피다

꽃샘바람

가지 끝 옷깃 여민 날

성급한 나들이길

서로 바라보며

아직도 기억하는

목마른

기다림의 부호

바람 품에 안기다.

천도복숭아

강한 햇살 아래
속살 깊이 붉게 익어

물 맑아 천성이 고운
착한 사람들에게

어쩌면 하늘이 내린 신성한 과일인 것.

먼 길 힘겨움에
웃음도 함께 담은

한 입 베어 물면
입 안 가득한 향

꼭 닮은 별난 가슴으로 안고 온 착한 그 맛.

자운영 紫雲英

억센 들풀 속에
어울려 피어나고

스치는 바람 따라
흔들리며 나눈 향기

도도한
꽃대 아니라도
너그럽고
착한 꽃.

무섬에는

더러 잊고 살아야 속 편한 부끄러움

흐르는 물결 위에
그마저 비춰보며

생각도
쉬 내려놓고
무심으로 건너는 곳.

무심코 스쳐 지난 아린 흔적들이

에둘러 흘러가는
넓은 품에 안겨

편안한
모성으로 가는
긴 외다리가 있다.

가을 달

막걸리 몇 잔에도
쉽게 기운 다짐

가로수 가지 사이
올려다본 아파트에

감나무 까치밥처럼
높이 걸린 가을 달.

흐르는 구름 따라
서쪽으로 흘러가다

아직 취기 어린 밤
편한 빛으로 내려

축 처진 어깨 툭 치며
말벗이나 되자 하네.

구기자

글씨는 마음이라
유년의 바른 가르침

짙은 묵향 속에
깊은 사랑처럼

조부님
한의원 뒤뜰
붉게 익던
구기자.

물빛으로 읽다

봄꽃 내려 피는 남강 한 자락 꺾어보면
백성의 핏물로 지킨 뜨거운 그날의 함성

해마다
젖은 가르침
물빛으로 다시 읽다.

거친 비바람 앞에 홀로 타던 아름다운 불꽃
저마다 옷깃 여며 가슴 깊이 새겨두던

오늘도
혼불로 타는
물빛으로 다시 읽다.

부석사

가파른

긴 돌계단

숨 다져 올라서면

팔작지붕 떠받쳐 올린

간절한 배흘림기둥

부처님 손끝 적시며 사과 꽃 한 잎 피다.

신을 닦으며

아직 서툰 솜씨로 아내의 신을 닦는다.
긴 세월 접어두었던 꽃물 든 가슴 열고

화창한 꽃비 내리는 봄길
마음껏 걸으시라고.

허기 한 번 채우지 못한 순종의 별난 천성
가난을 털어내듯 내 구두를 닦던 사람

스스로 갇혀 살아온
그 삶의
무지외반증拇指外反症

언제나 출근길에 공손했던 배웅처럼
즐거운 나들이에 가지런한 웃음으로

남은 날
나도 그대 위한
편한 신이고 싶다.

꿈으로 오시더니
– 도동 시비공원에서 · 1

찌든 속 씻어주는 측백나무 숲길 지나
이따금 꿈길에서만 찾아오는 시인들이

향 내음 짙은 산자락에
시비로 우뚝 서다.

봄밤 적시던 날 '호롱불'* 밝히시고
'너를 보낸 후로'* 서둘러 떠나시던

나 여기 가을바람 속
그리움의 시비로 서다.

*호롱불 – 김몽선 시인 작품

*너를 보낸 후로 – 류상덕 시인 작품

들꽃 다시 피다
－ 도동 시비공원에서 · 2

꽃향기 짙어가고 단풍 곱게 물들어도

피멍으로 얼룩이며
허리 한 번 펴지 못해

명치 끝
깊이 아려오던
순종이 천성인 사람.

기꺼이 다비하는 숭고한 계절 앞에

젖은 그리움의
돌 하나 세워 놓고

눈 시린
쪽빛 하늘 아래
들꽃으로 다시 피다.

수선화
 – 도동 시비공원에서 · 3

가을빛
머물다 가는
허전한 시비 앞에

단발머리
나풀대며
마냥 부풀었던

그날의
해맑은 꿈들
수선화로
다시 피다.

봄비 오는 날

손 흔들며 떠나가던 늦가을 작은 잎새

여린 가지마다 파아란 부호로 남아

해마다 아린 기억 너머 꿈길만 적시더니.

바람에 실려 오는 반가운 잔기침 소리

성급한 봄나들이 아직 손 시려도

다정한 봄비 맞으며 여린 실눈 곱게 뜨다.

측백 숲 아래

측백 숲 안고 도는

푸른 강물 따라

곱게 펼쳐 놓은 아름다운 시와 그림

찬바람 스쳐 지나다 깊은 시심 잠기다.

거리 두기

코로나 난리 통에 거리 두고 지내지만
궁하면 길이 생기듯 서로를 돌아보고

모두가 힘들어할 때
서로 베푸는 거리.

바쁘다는 핑계 대며 외면하고 지내왔던
잊고 산 친구들의 다급한 안부 전화

멀어도
저리도 간절한
소중한 믿음의 거리.

이 가을로 오시는가
　－ 고 류상덕 시인을 추모하며

새해 첫날 서툰 문자로 서로 나눈 안부 인사
인연의 끝자락에 남겨주신 말씀이 될 줄
실없는 장난기로 들린 어이없는 부음 소식

최근 작품 속의 짙어진 외로움을
즐겨 듣던 노랫소리 자꾸 쓸쓸해짐을
술 한 잔 나누면서도 그 깊이를 몰랐습니다.

철없이 덤벙대던 낙강 물가에서
다정히 손잡아 주신 오십 년 전 그날 이후
한 번도 갚지 못한 사랑 이제 어찌합니까.

그토록 좋아하신 가을빛 아름다운 날
곱게 접은 낙엽 한 장 서쪽으로 띄웁니다.
오늘 밤 또 꿈속에서 행여 답장 주시려나.

4부
천식일기

늦가을 손님

분명
허술해진
틈새를 알아내고

예고 없이 찾아드는
치밀한 너의 잠행

늦가을 이른 새벽길 무서리로 스며들다.

잠시
머물다 떠날
길손인 줄 알았더니

깊은 밤 뜯어내는
힘겨운 잦은 토악질

좁은 속 헤집고 앉아 시작된 별난 동거.

하얀 밤

지울수록 깊어지는
부끄러운 업보의 무게

달빛 풀어 몰래 가린
내 속내 어찌 알고

긴 몇 날
누워 잠들 수 없는
모진 형벌
하얀 밤.

동반자

지쳐 내친 내 명줄
조였다 풀었다 해도

미움의 맨살 비비면
속정이 돋나 보다.

남은 날
순종 배우며
함께 지낼
동반자.

평화협정

서늘한 이른 새벽
예민한 센스의 작동

이미 통제실은
한기로 가득하고

기관실 조절기능에도 비상등이 켜진 상황.

혈압이 급상승되면
얼굴은
붉은 대춧빛

버텨온
이성의 둑
잔물결에 무너지고

깨어진 평화협정에도 허리 굽혀 내민 악수.

으름장

몇 년의 강한 투약

수위를 낮추지만

어설픈 처방 따윈

오히려 분노의 빌미

가벼운 헛기침 몇 번 으름장을 놓는다.

파도는 잠들고

자꾸만
깊어져 가는
별난 불면의 끈

어쩌면
하늘이 준
고마운 마지막 선물

단 몇 줄
그마저 놓친
성난 파도
잠들다.

지켜온 자존

뼈 발라 던져주고

목숨으로 지켜온 자존

외줄 위에 균형 잡던

곡예사 아니던가.

바른 등

편히 눕는 밤

기꺼이 접어두는.

눈 내리는 밤

심장의 무게 따라
좌현으로 기울다 보면

호흡기
오르내리는
간절한 피리 소리

바람도
함께 지쳐 잠든
눈 내리는
거룩한 밤.

외출

그 속
알 수 없는
별난 천성으로

방심의 낌새에도
경고장
내미는 친구

가을빛
은혜로운 날
속정 믿고 나선 외출.

들숨 날숨

한 번
들숨이면
풀꽃으로 술렁이다

편한 날숨 따라
그 바다에 젖던 휘파람

거친 숨
서툰 시 몇 구절
그마저도
소중한 날.

와인 한 잔

하나
둘
떠나간 이름
지워져 송구한 날

깊은 잠 잘 수 없어
꿈에도 오지 않아

간절히
눈물 담아 보낸
와인 한 잔 마신다.

남은 날

쉽게 오르던 길 이젠 숨이 가빠도
풀꽃 다독이며 서둘지 않는 보법

아직도
숙취 같은 기억
얼마나 남았을까.

거친 숨 달래가며 밤을 밝히는 건
부끄러움 돌아보라는 소중한 하늘의 뜻

남은 날
별빛에 피는
들꽃처럼 살리라.

보리수

스쳐 지나다 머문

작은 인연의 자락

착한 씨앗이라

알알이 붉게 익어

거친 숨

다독인 사랑

눈물 젖어 편한 밤.

언제나 그랬었지

가을 초입부터
잔가지 흔들어 놓고

턱없이 파고드는
빛살 고운 아린 몸살

깊은 밤 하얗게 밝혀도 도도하게 피는 꽃.

한땐 자작나무
눈빛 깊던 맑은 바람

편한 숨 과욕이라며
숨길 조여 헐떡이다

그래도 못다 한 노래 서걱이며 타는 밤.

젖은 시

분주한 꽃길 따라 잰걸음 서두르다

연약한 바람 앞에 얼굴 붉혀 송구한 날

허전한

빈 들에 와서

다시 쓰는

젖은 시.

바람 앞에서

제 모습 깊이 감추고 내 옷깃 들추며 가는

얄미운 그 손길도 이따금 그리운 것

어느 날

웃으며 만날

다정한

바람
한
점.

콜록이는 나의 봄

먼 길 봄바람 속 몰래 숨어 들어와
잠시 머물다 떠날 불청객쯤 알았더니

내 숨길 조이며 와도
나의 봄은 푸르다.

봄소식 먼저 알리는 시화전 활짝 연 날
새봄 맞으려는 간절함 꺾어 놓고

꽃송이 흩어져 버린
안타까운 이 꽃길

기침 콜록이는 눈치 없던 그날 이후
문 시인* 일깨워 줄 때 실천 못 한 죄스러움

하루도 편한 날 없어
이어지는 불면의 밤.

 *문무학 시인

84

유월 아침

불면의 밤 뒤척이다 힘겹게 일어난 날

이 여름 싱싱한 기쁨
마음껏 누리라는 말

고마운 솔바람처럼 가슴 깊이 적시다.

이른 아침 콜록이며 찾아온 푸른 그림씨

지난 날 부끄러움
육신의 병보다 깊어

싱그런 그리움의 계절 이제 내겐 먼 애기.

나의 시는

찢긴 내 언어들이 추위에 몸 떨어도

분노를 다독이던 여린 겨울 가지

성급한 봄나들이에

언약으로 다시 돋다.

외진 언덕길을 타는 목마름으로

온몸 콜록이며 피어나는 나의 시는

하찮은 중얼거림일까

지나가는 바람일까.

늦가을에 서성이다

하찮은 변명으로 빈칸을 메워 봐도

맨살로 찬바람 앞에 감당 못 할 작은 슬픔

파아란 기억 언저리 이끼로 돋아날까.

미처 준비 못 한 서툰 중얼거림

한 조각 바람으로 손 흔들며 떠나가면

이른 봄 소중한 부호로 웃으며 돌아올까.

바람꽃

다정한 눈빛으로 서로를 기억하고

파란 이끼처럼 반갑게 돋아나와

힘겨운
내 숨길 따라
다시 피는
나의 시.

거친 발길 아래 마구 짓밟혀도

기침 콜록이는 몇 날을 지새우며

마지막
시 한 구절로 핀
나는 작은
바람꽃.

꽃비 맞으며

낯익은 꽃길 따라

왠지 어색한 설렘

조심스런 서툰 걸음

거친 숨 헐떡여도

그날의

꽃비 맞으며

봄 길을 서성이다.

시인의 산문

바람길에 핀 바람꽃

바람길에 핀 바람꽃

1 꽃잎 한 장

내가 잘 아는 어느 시인은 자신을 '지독한 서정의 천식 환자'라고 했다. 그만큼 시조에 대한 깊은 감성에 빠져 살아오신 훌륭한 시인이다. 평소 존경하는 시인이다. 그러나 나는 50년 넘게 시조를 공부했어도 시조에 대한 능력이 부족한 사람이며 10여 년 동안 천식을 앓고 있는 천식 환자이다. 같은 천식 환자이지만 내용과 성격이 너무도 다른 시인이다. 그 시인이 알았다면 무척 불쾌해했을 것이다. 그 시인은 시조의 깊은 감성에 빠져 힘든 날을 보내지만 나는 가슴을 찢는 듯한 기침으로 고통의 밤을 보내고 있다. 날이 갈수록 병은 깊어지고 온갖 약을 다 사용해도 별 효과가 나지 않아 힘든 나날을 보내고 있다. 모임이나 사람을 만날 때마다 피해를 주지 않기 위해 긴장해야 하고 조심해야 했고 결국 모임과 친구들로부터 모두 떠났다. 더구나 요즘 같은 시기에는 코로나19로 인해 대인관계가 멀어지고 죄인처럼 집에서 숨어 살고 있다. 그것이 남에게 피해를 주지 않는 것이며 내 병에도 도움이 되기 때문이다. 어쩌면 이런 상황이 내게 새로운 삶의 방향을 깨우쳐 준 호재이기도 하다. 생각 없이 지낸 부끄러움을 반성하고, 얼마 남지 않은 남은 시간을 알뜰하고 후회 없는 보람찬 시간을 보내야겠다는 다짐을 하게 되었다. 그래서 여러 가지 힘든 여건 속에서 용기를 내어, 어쩌면 마지막 시조집이 될지도 모른다는 간절한 염원과 남은 정신력으로, 천식 속에서 어렵게 '바람꽃'을 피워 부끄러운 일곱 번째 시조집을 발표하게 되었다.

2 따뜻한 눈빛으로 다시 피다

깊은 병마에 시달려 지쳐가는 내 몸을 돌아보며 이대로 삶을 끝낼 수 없어 내 삶의 전부인 시조창작에 조금씩 힘을 냈지만 몸이 지쳐 있는 상황에 맑은 시상이 떠오르지 않고 깊은 생각도 어려웠다. 그러나 포기할 수가 없어 '천식일기'식으로 연작도 쓰게 되었고 조금씩 발표도 하고 싶었지만 현실적으로 어려웠다. 오십 년 넘게 시조를 써 왔지만 마음먹은 대로 좋은 작품이 되지 않았고, 다른 시인들에게 주목 받는 시조를 쓰지 못해 공감도 얻지 못했다. 문단의 분위기를 잘 모르다 보니 많은 시조 전문지가 있지만 내 작품이 실린 적은 극히 드물었고, 내 작품을 언급하고 평을 해 준 경우도 별로 없었다. 그래도 나 혼자라도 내 작품을 즐기는 사람이라 힘들게 투병해 가며 시조를 썼다. 시조는 내 삶의 모든 것이며 시조와 더불어 살아가고 있기 때문이다.

아직 남은 달빛으로
바람 비켜서서

며칠째 뼈를 깎아
불면의 불 밝히고

골 깊은 슬픔 죄다 태울 순종의 젖은 꽃잎.

고독한 담금질에

이젠 피멍이 들어

모두 떠안고서도
언제나 잔잔한 속

도도한 붉은 속울음 제 꽃대를 뚝 꺾다.

「작은 슬픔에게」 전문

언어의 풀밭에서 언어를 잃어버리고
꽃비로 지기 위해 맑은 바람길 따라

순교한
빈 가을 앞에
조용히 무릎 꿇다.

허전한 풍경들이 그냥 그 자리에
편한 웃음으로 흔들리며 서 있는 곳

계절의
끝자락에서
일러주는 바람길.

「바람길」 전문

그러나 몇 날을 고심하여 쓴 작품들이 그냥 노트 속에 잠들기만 할 때 시인은 자신의 처지를 모르는 욕심이 솟아나 참으로 안타깝고 자존심 상하는 좌절감을 느끼기도 하지만 '골 깊은 슬픔 죄다 태울 순종의 젖은 꽃잎'이기에 뼈를 깎는 아픔으로 제 욕심의 꽃대를 꺾어야만 했다. 그러면서도 다시 새 작품을 구상했다. 발표한 지난 시조집들을 들추어 보면서 다시 마음을 다잡기도 하고 내 삶을 위한 작품이라고 스스로 위로하기도 한다. 천식으로 더 힘들어할 때는 순교한 빈 가을 앞에 조용히 무릎을 꿇는 심정으로 마음을 다 비워야 했고, 순수한 계절과 하나가 되어 몇 날을 지내야만 했다. 그러면 바람이 알려주는 길처럼 가야 할 길을 새로운 마음으로 다시 시작할 수가 있었다. 요즘처럼 코로나19 때문에 기분 전환할 곳도 마음도 생기지 않아 힘들게 했다. 이럴 때는 천식은 더 깊어지고 아무런 의욕도 없이 하루를 보내야 했다.

병으로 힘들어하고 있는 내게 전화로 안부를 묻고 병을 걱정해 주는 고마운 지인들도 있고, 힘을 주는 시인들도 있었는데 좀 특별한 시인도 있었다.

기침 콜록이는 눈치 없던 그날 이후
문 시인 일깨워 줄 때 실천 못 한 죄스러움

하루도 편한 날 없어 이어지는 불면의 밤.

「콜록이는 나의 봄」 3연

불면의 밤 뒤척이다 힘겹게 일어난 날
이 여름 싱싱한 기쁨
마음껏 누리라는 말
고마운 솔바람처럼 가슴 깊이 적시다.

「유월 아침」 1연

코로나가 전파되기 시작되어 모든 국민들이 두려워하고 있을 때, 아무런 생각 없이 시조모임에 참석한 천식 환자인 나를 보고 문무학 시인은 남에게 피해를 주는데 왜 참석하느냐며 답답한 심정을 웃으며 말했지만, 눈치 없는 나는 그냥 어울려 식사도 하고 끝까지 함께 했다. 집에 돌아와 심각해진 분위기라는 방송을 들으면서 생각해 보니 내가 얼마나 위험하고 어리석은 짓을 했는지 부끄럽고 미안했다. 혹시 나 때문에 피해를 입은 사람들이 없는지 며칠 동안 걱정이 되었다. 우연인지 몰라도 그날 밤부터 내 천식은 심해졌고 힘든 날을 보냈다. 두려워 코로나 검사는 받지 않았지만 다행히 아무 문제도 발생하지 않았다. 그러던 초여름 아침 불면의 밤을 보내고 지쳐 있는 내게 문 시인이 팔공산 능성동 맑은 바람을

실어 격려와 위안의 심정을 문자로 보내왔다. 우울감 속에서 용기가 생기고 삶에 의욕이 생겼다. 모두 자신을 걱정하고 조심해야 하는 상황에서 너무도 고맙고 행복했다. 문 시인은 평소 내게 많은 도움을 준 시인이지만 제대로 대접해 본 일이 없어도 투명하게 툭 던지는 말 속에 깊은 정이 들어 있는 소탈한 성격의 고마운 시인이다. 과거 모두 거부한 제2 시조집(『산이 내려와서』)의 서평도 고맙게 써 준 시인이다. 요즘은 시조의 발전을 위해 많은 일을 하고, 누구도 생각하지 못했던 독창적이고 놀라운 새로운 시각과 소재로 깊이 있는 작품을 통해 시조를 발전시키고 있는 훌륭한 시인이다. 그런 큰 시인이 모두가 외면하는, 체구도 작고 하찮은 무명시인이 깊은 병까지 있으니 측은지심으로 그랬을지도 모르지만, 내겐 너무도 고맙고 매력 있는 시인이다.

또 하나 나에게 큰 힘이 되어준 얼굴들이 있다. 지난 젊은 시절 교직에 있을 때 시골 중학교에서 만난 제자들과 시내 고등학교 재직 시절에 만난 제자, 시조(한얼, 올제)동아리로 만난 제자들이 있다. 지금은 모두 문학과 인연을 맺고 등단하여 열심히 작품 활동을 하고 있거나 등단과 관계없이 홀로 열심히 작품 활동을 하고 있으면서 바쁜 일상생활 틈틈이 전화로 내 안부를 묻고 이야기 친구가 되어 주기

도 한다. 과분한 성의를 보인 고마운 제자들도 있었
는데 시골중학교 제자인 류희옥 시인은 천식에 좋다
는 귀한 약재를 어렵고 힘들게 수소문해 구해와 큰
효과를 보았고, 역시 시골 제자인 윤진옥 시인은 시
골 고향에서 농사지은 햅쌀을 만류해도 십여 년 가
까이 보내오고 있으며, 지금도 자주 고마운 안부 전
화를 한다. 그 외에도 많은 제자들의 과분한 정성에
부담이 되어 무척 힘들었고, 그래도 목소리를 들으
면서 잠시나마 병이 나아지는 것 같은 느낌이라 목
소리가 은근히 기다려지기도 한다. 처음은 사제지
간으로 만났지만 지금은 오히려 귀찮고 부담만 주
는 장애물이 된 것 같아 미안하기만 하다. 삼십 년
전 첫 시조집 출판기념회도 한얼 회원들 주최로 학
교 도서관에서 열었으며, 지난번 『가을보법』 출판기
념회를 열어준 두 제자(정희경, 조명선)도 있었다.
이 젊은 친구들 덕에 새로운 문단 소식도 듣고 세상
돌아가는 형편도 알 수 있었고 어떤 고통도 느끼지
못했다. 그래서 가끔 그리움의 작품 몇 편을 쓰기도
했다.

　　힘겨운 고비마다 달래준 고향의 맛
　　한 입 깨물어보면 입 안 가득 배어드는
　　쪽마루
　　등 너머 배운

그리운 엄마의 손맛.

「손맛」 2연

지친 밤 허적이다 빗소리 가득한 날
숨결 다독이며 깊이 스며드는
이 아침
젖은 가슴 속 치자꽃 다시 피다.

「치자꽃 다시 피다」 2연

그냥 지나려다 자꾸만 돌아다 뵈는
거친 잡풀 속에
밝게 핀 여린 민들레
언제나
편한 웃음으로
안겨오던 꽃이었지.

「젖은 오월」 1연

거친 바람 앞에
온몸으로 지켜내던
카랑한 눈빛 고운
여린 꽃잎이더니
간절한 기도로 담아 묵란 한 잎 피워내고.

「향기로 안기다」 1연

가을빛

머물다 가는

허전한 시비 앞에

단발머리

나풀대며

마냥 부풀었던

그날의

해맑은 꿈들

수선화로 다시 피다.

「수선화」 전문

　이 작품들을 쓰면서 지난 젊은 날로 돌아간 것 같은 행복감에 젖어 있었다. 마치 서로 마주 앉아 즐겁게 이야기를 나누며 더러 애교도 부리던 모습들이 작품 속에 젖어 들었다. 지난날 먼 길을 어렵게 찾아와 다정히 앉아 해맑게 웃으며 이야기하기도 하고, 남편과 함께 찾아와 이야기를 나눈 적도 있다. 비록 여건이 여의치 않아 직접 만나지는 못해도 지금의 힘겨움도 잊고 행복감 속에 빠져 있었다. 제자들의 기분은 알 수가 없지만 나의 진정성을 헤아려 조금이라도 마음에 들었으면 한다. 다만 내 능력이 부족하여 그들의 가는 길에 아무런 도움이 되지 못

했고 오히려 과거의 인연이 그들의 앞길에 장애물이 되고 있는 지금의 현실에 미안함이 많지만 그래도 그 젊은 시인들은 소중한 나의 아름다운 꿈이며 재산이며 함께 시조를 열심히 공부해야 할 기쁨이다. 다행히 몇몇 제자는 문단 활동에 적극 참여하고 훌륭한 작품으로 많은 문인들로부터 칭찬과 부러움을 받고 있다는 것은 얼마나 자랑스럽고 고마운 일인가. 곧 나에 대한 기억도 지워지면 편하게 더 좋은 작품 활동하리라 믿는다.

3. 가족은 기억의 끈

여섯 번째 시조집(『가을보법』)에서 '나의 시를 철들게 한 가족'이라고 했듯이 이번 일곱 번째 시조집에도 내 주변의 개인 일에 대한 작품이 대부분이지만 특히 가족에 대한 시가 많다. 우연한 일이긴 하지만 나이가 들면서 생각도 시각도 감각도 단순하고 좁아져 있어 과거처럼 넓고 깊고 냉정한 시각의 시가 되지 못했다. 게다가 천식이라는 중병을 앓으면서 기억력도 나날이 줄어 가까운 사람들의 이름도 기억하지 못할 때가 많다. 가족에 대한 마음이 더 깊어지는 이유이기도 하다. 그러나 가족에 대한 작품을 틈틈이 쓰

면서 시조 창작활동을 통해 가족에 대한 기억의 끈을
놓지 않으려고 무척 노력하고 있다.

어머니
발돋움으로
죽 한 그릇 넘겨주시던

그날의 동심만 남은
초등학교 작은 동문

이따금
더딘 걸음마다
마른버짐 다시 돋다.

「동인동에 가면 · 1」 전문

그냥 바라만 봐도 능히 헤아리고
술 한 잔 마주하며 되씹어도 쫄깃한 얘기
동인동
그 골목길 따라 오늘도 만나러 간다.

「동인동에 가면 · 2」 2연

나는 소년시절 병마에 시달리며 힘들게 학교를
다녔다. 그 당시 대구 동인동 초등학교 옆문 쪽에

살았는데 소화력이 부족해 매일 죽만 먹고 지내다 보니 어머니는 점심시간마다 잠긴 옆문 너머로 죽을 넘겨주셨다. 어머니의 작은 키 때문에 돋움발로 겨우 죽 그릇을 넘겨주시면 받은 죽을 그 자리에서 먹고 다시 그릇을 어머니께 넘겨 드렸다. 어머니를 힘들게 한 그때를 생각하면 마음이 아프지만 어머니의 고마운 사랑으로 지금까지 잘 살아가고 있다.

그리고 동인동, 이곳에는 지금도 초등학교 시절부터 함께 놀던 육십 년 친구들이 있어 자주 만나러 간다. 더러 이승을 떠난 친구도 있지만 둘이 남을 때까지 만남은 계속하자고 굳게 약속하기도 했다. 백발이 되어도 만나 술 한 잔에 나누는 대화 투는 어릴 때 그대로지만, 즐겁고 장난기가 많아 언제나 즐거운 고향같이 재미있고 편한 친구들이다. 그 동인동 골목을 지날 때마다 어머니 생각에 멈칫거려 가슴이 아려오고 그날의 모습이 떠올랐다.

봄이면 긴 골목 안 꽃향기로 가득했던
옛집 높은 베란다 지금도 올려다보면
그날의 환한 미소로 개나리가 피고 있다.

엉킨 실타래처럼 가닥을 놓쳤어도
짙은 향기 속에 해맑게 웃으시던

오늘도 꽃 덤불 속에 핀
어머니를 만난다.

「방천시장·3」 2, 3연

이 작품도 어머니에 대한 아픈 그리움을 나타냈
는데 치매로 맑은 정신을 잃은 어머니가 평소 다니
시던 방천시장 골목을 헤매시어 가족들이 걱정하게
하셨고, 긴 시간 동안 아내는 힘들었지만 잘 보살펴
드렸다. 네 번째 시조집『어머니의 치매』를 발표하
면서 어머니에 대한 안타깝고 그리운 심정을 나타냈
다. 돌아가신 지 이십 년도 더 지난 요즘도 가끔 옛
날 살던 그 2층집을 올려다보면 마치 어머니가 봄꽃
을 가꾸시던 모습을 뵙는 것 같다. 먼 곳으로 이사
갔어도 아내와 함께 단골집이 많은 이 방천시장으로
오곤 하는데, 그때마다 옛집 골목에 와서 옛 모습
그대로 있는 집을 올려다본다. 치매를 앓고 계시는
어머니를 힘든 아내에게만 맡겨두고 자식인 나는 직
장을 핑계로 제대로 보살펴 드리지 못하고 일찍 돌
아가시게 했다는 지울 수 없는 불효한 생각 때문에
눈물짓기도 한다.

지쳐
풀어진 태엽

감고 또 감으면

긴 잠

깨어나는

아버지 손목시계

활기찬

긴 초침 따라

다시 듣는 목소리.

「깨우다」 전문

작은 그리움마저 지워진 허전한 가지

무성한 그날처럼 고운 눈꽃이 피면

아린 속

적시는 음성

무심으로 듣는다.

「눈 내리는 날」 2연

　나이 탓인지 몰라도 옛것에 대한 집착이 많아지고
쉽게 버리지 못한다. 아버지 돌아가신 지 오래되어
내가 아버지 연세보다 더 많은 나이로 살고 있지만
아버지께서 차고 다니시던 수동형 손목시계를 지금
내가 소중하게 보관하고 있으면서 가끔 사용한다. 태
엽을 손으로 감아서 사용하는 것이지만 너무 오래된
것이라 멈추곤 해도 다시 두드리고 태엽을 다시 만지

면 초침이 움직인다. 마치 지난날 아버지의 부드럽고 굵은 목소리가 들리는 듯하다. 많은 부분이 아버지를 닮은 외아들로서 바르게 사신 삶을 그대로 이어받아 살려고 노력하고 있다. 시계의 초침은 어쩌면 내 삶을 가르치며 지켜주는 나침판이다.

넓은 집안이다 보니 촌수를 떠나 어릴 때는 비슷한 나이끼리 자주 만나고 놀러 다니곤 했다. 그중 유독 가까이 지냈던 집안 고모 한 분은 어릴 때 서로 마음이 맞아 같이 놀러 다니고 사진도 찍어 좋은 추억으로 남기고 있지만, 고모부를 먼저 보내고 아이들까지 결혼하여 모두 떠나간 후 얼마나 힘들고 외로운 날을 보냈을까. 그래도 당당하게 현실에 만족하지만 눈 내리는 날 나뭇가지 위에 쌓이는 눈꽃을 바라보면서 지난 그리움을 덮어가며 가슴 속을 다독이셨을 것이다. 지금은 백발이 되어 서로의 건강을 걱정해 주고 있으니 세월이 너무 야속하기만 하다.

허기 한번 채우지 못한 순종의 별난 천성
가난을 털어내듯 내 구두를 닦던 사람
스스로 갇혀 살아온
그 삶의
무지외반증拇指外反症

107

언제나 출근길에 공손했던 배웅처럼
즐거운 나들이에 가지런한 웃음으로
남은 날
나도 그대 위한
편한 신이고 싶다.

「신을 닦으며」 2, 3연

꽃향기 짙어가고 단풍 곱게 물들어도
피멍으로 얼룩이며
허리 한 번 펴지 못해
명치 끝
깊이 아려오던
순종이 천성인 사람.

기꺼이 다비하는 숭고한 계절 앞에
젖은 그리움의
돌 하나 세워 놓고
눈 시린
쪽빛 하늘 아래
들꽃으로 다시 피다.

「들꽃 다시 피다」 전문

아내는 종갓집 종부로 시집와서 일 년에 여러 번

조상님 제사를 차렸고, 집안 길흉사도 처리하며 시조모까지 모셨지만 불평 한 번 없이 힘든 일을 말없이 처리했다. 부모님 돌아가신 후에도 지금은 나까지 중병이 들어 병 수발을 하고 있다. 정작 자신도 나이 들어 곳곳에 병들어 고생하고 있다. 눈치 없는 남편 때문에 허리 한 번 펴지 못하는 아내를 위로하기 위해 고마움을 시로 표현했는데, 운 좋게 시비 공모전에 당선되어 도동시비공원에 부끄러운 내 시비가 세워졌다. 아내의 힘든 세월에 조금이나마 위로가 되기를 바랐다.

　부끄러운 시비를 세우고, 기뻐하는 아내의 모습을 보니 내 마음도 행복했다. 지난날 남들은 꽃구경 가고 해외여행도 다녀왔지만 아내는 집안 일 때문에 허리 한 번 펼 수 없어 아무 생각을 할 수 없었지만 겉으로 불평 한 번 하지 못했다, 운 좋게 세워진 시비지만 곁에 선 아내는 마치 아름다운 쪽빛 가을 하늘 아래 핀 아름다운 들꽃 같았다. 이제 모든 힘든 일은 그만 잊고 아름답고 향기로운 꽃을 마음껏 피웠으면 하는 간절한 바람이다.

　억센 들풀 속에
　어울려 피어나고
　스치는 바람 따라

흔들리며 나눈 향기
도도한
꽃대 아니라도
너그럽고 착한 꽃

「자운영」 전문

봄밤 아름다운 날
별 하나 품에 안겨

여리고 힘겨운 시간
서툰 몸짓으로
사랑 법 가르쳐 주는
해맑은 어리연꽃.

「어리연꽃」 전문

스쳐 지나다 머문
착한 인연의 자락

힘겨운 기다림의
벅찬 기쁨으로 와
대보름
넉넉한 품에
봄꽃으로 안기다.

「봄꽃으로」 전문

누구나 자식에 대한 사랑과 욕심은 다 있겠지만 나 역시 자식에 대한 사랑과 기대를 많이 하고 있었다. 그러나 품 안의 자식이라 나이가 들어 제 뜻대로 잘 살아가고 있는 것을 보면 대견하기만 하다. 이제는 가까이할 수 없는 여건에서 귀여운 손자 손녀들에게 더 깊은 사랑이 가고 과거에 하지 못한 과한 사랑의 표현도 하게 된다. 이 세 작품은 손자 손녀들이 태어난 기쁨과 바람을 아름다운 꽃들로 표현했다. 이 꽃들처럼 아름답고 튼튼하게 자라기를 간절히 바랐다.

돌아와 무릎 꿇은 불효자 이름으로
켜켜이 굳게 다진 하늘 문 열고서야
꽃다운 젊은 스물일곱
어머니를 뵙습니다.

(2연 생략)

젖 한 번 물리고픈 간절한 모정도 삼켜
아기 방 꿈길에서 못다 부른 자장가
흰머리 부끄러운 날
오늘에야 듣습니다.

「그날의 스물일곱」

젖먹이 시절에 어미를 잃고 동냥젖과 미음과 죽으로 자란 어린 시절을 가진 사촌 아우는 평생소원이 어머니의 뼈라도 한 번 보고 싶다고 했다. 남겨진 흑백 사진 속의 희미한 고운 얼굴도 기억이 나지 않으니 오죽했으면 뼈라도 한 번 보고 싶어 했을까. 어느 날 반백이 된 사촌 아우의 간절한 소원이 이뤄졌다. 선산으로 어머니 산소를 이장해야 하는 처지가 되었다. 스물일곱의 꽃다운 나이에 떠나가신 어머니. 이장하면서 찾아낸 어머니의 유골. 그토록 보고 싶어 했던 수십 년이 지난 어머니의 유골을 수습하며 얼마나 반갑고 마음이 아팠을까. 눈물로 생전 처음 보는 어머니의 고른 치아며 은이빨, 그리고 몇 개의 뼛조각을 소중히 선산에 잘 모셨지만 아우의 가슴 속에도 무엇보다 소중하게 잘 간직했을 것이다.

4. 천식은 나의 동반자

과거 재직 중에는 등산이며 여러 가지 운동을 열심히 하면서 인생을 즐기고 체력도 건강하게 지켰다. 비록 유년기에는 병마에 시달렸지만 소년시절부터는 건강하게 잘 자랐다. 퇴직 즈음에 갑작스레 찾아온 기침 때문에 힘든 나날을 보냈고 천식이라는 병명으로 지금까지 힘든 생활을 하고 있다. 온갖 병원 약이나 민간요법을 사용해도 내 몸 깊이 자리하고 있을 뿐 천식은 떠나지 않았다. 아마 따뜻한 내 깊은 속이 더 좋은 모양이다. 거의 매일을 기침 속에 지내다 보니 저음의 굵은 목소리는 사라지고 쉰 목소리로 변해 대화하거나 전화 통화에도 힘들었다. 옛날부터 어른분들은 '나이 들어서 얻은 천식은 죽음으로 가는 마지막 병'이라고 했고, 눕지 못하고 앉아서 생을 끝낸다고 했다. 한동안 불안한 생각도 많았지만 마음을 다시 추슬러 함께 지내기로 마음을 먹었다. 이런 마음을 갖는 데 가장 큰 역할을 하게 된 것이 나의 전신이라 믿고 있는 시조 창작이었다. 바른 시상을 위해 깊은 생각을 하다 보니 천식에 대한 불안감이 줄게 되고 '천식일기'의 연작도 쓰게 되었다. 작품 한 편 한 편은 내 삶의 간절한 기도 같은 것이며 마지막 남은 나의 힘든 숨결이기도 하다.

분명
허술해진
틈새를 알아내고
예고 없이 찾아드는
치밀한 너의 잠행

늦가을 이른 새벽길 무서리로 스며들다.

잠시

머물다 떠날

길손인 줄 알았더니

깊은 밤 뜯어내는

힘겨운 잦은 토악질

좁은 속 헤집고 앉아 시작된 별난 동거.

「늦가을 손님」 전문

지쳐 내친 내 명줄

조였다 풀었다 해도

미움의 맨살 비비면

속정이 돋나 보다.

남은 날

순종 배우며 함께 지낼 동반자.

「동반자」 전문

천식은 어느 가을에 서서히 내게 스며들었다. 처음엔 일반 감기인 줄 알았지만 병원에서 천식이라는 놀라운 병명을 받아 지금까지 긴 세월을 함께 공존하며 사이좋게 지내고 있다. 매일 기침으로 힘든 불면의 고통스런 밤을 참고 견디며 지낼 수밖에 없었고, 함께 지내면서 스스로 편안한 마음을 갖기 위해 많은 수양이 필요했고, 함께 같이 가야할 병이라는 순종을 배우며 동반자 같은 마음을 가질 수밖에 없었다. 시간이 지날수록 활동의 범위는 줄어들었고 부담을 갖게 되었다. 운동의 양도 줄어들고 모임이나 대인 관계도 점차 줄어들더니 이제는 거의 외면하며 지내야 했다. 통제된 생활 속에서 별 차도 없는 상태에서 성격은 내성적으로 변해 우울감까지 나타나게 되었다.

한 번
들숨이면
풀꽃으로 술렁이다
편한 날숨 따라
그 바다에 젖던 휘파람
거친 숨
서툰 시 몇 구절
그마저도 소중한 날.

「들숨 날숨」 전문

거친 숨 달래가며 밤을 밝히는 건
부끄러움 돌아보라는 소중한 하늘의 뜻
남은 날

별빛에 피는

들꽃처럼 살리라.

「남은 날」 2연

힘든 날을 버티고 이겨내기 위해 생각을 한곳에 모아야 했고 긍정적인 생각을 가져야 했다. 시조를 공부하지 않았다면 이런 상황을 어떻게 극복할 수 있었을까. 내게 보내주신 좋은 시조집들을 틈틈이 읽으며 잡념을 잊기 위해 노력했고 나날이 더뎌지는 시조창작도 놓치지 않으려고 애를 썼다. 거친 숨을 쉴 때마다 힘들었지만 시 구절을 생각하며 버텼고 마음을 진정시켰다. 버티기 힘든 날에는 지금까지 숨을 쉬게 한 것은 하늘의 소중한 뜻이며 지난날을 돌아보며 반성하라는 깊은 뜻이기에 좌절하지 않고 남은 날까지 헛된 생각을 버리고 별빛에 피는 아름다운 들꽃으로 살기를 다짐하기도 했다.

이런 다짐 속에 발표한 부족한 내 작품을 평해 준 고마운 시인들도 있었다.

다정한 눈빛으로 서로를 기억하고

파란 이끼처럼 반갑게 돋아나와

힘겨운 내 숨길 따라

다시 피는 나의 시.

거친 발길 아래 마구 짓밟혀도
기침 콜록이는 몇 날을 지새우며
마지막 시 한 구절로 핀
나는 작은 바람꽃.

「바람꽃」 전문

"이 작품은 시인이 여유로운 환경을 누리는
가운데서 보게 되는 멋이 아니다. 나의 시 ⇒
나 ⇒ 작은 바람꽃으로 시상이 이동 전개되면
서 독자에게 다가오는 아름다움은 '처절한 아름
다움'이다. 시인이 자아와 세계를 동일화해 가
는 과정을 통하여 피어난 바람꽃, 그것은 지병
持病으로/ 기침 콜록이며 몇 날을 지새우며/ 빚
어낸 작은 꽃이다. 그렇게 탄생하는 시 한 구절
한 구절은 시가 시로 끝나는 것이 아니라 바로
시인 자신으로 동일화되었다. 요컨대 작품 속
의 '바람꽃'은 자아화된 세계라는 동일성을 획
득한 가운데 피워 올/ 작은 바람꽃/ 이다. 그것
은 완성된 자기 동일성의 표상表象이기도 하다.
　어찌 꼭 생활 속의 멋과 맛을 모든 것이 잘
갖춰진 유복한 환경에서만 찾을 수 있겠는가.
황진이를 비롯한 조선 시대 기녀들의 작품에
서 느끼는 미美를 비롯하여 한산도 야음에서 보

는 이순신, 청나라로 볼모 잡혀가던 청음 김상헌 등, 고래古來로 독자의 심금을 울리는 아름다움의 다수가 비장미悲壯美가 아니었던가. 하나뿐인 목숨과도 맞바꿀 작정을 한 사랑, 그 대상이 이성이든 임금이든 국가든 국민이든 아니면 다른 그 무엇이든 그 정도의 각오가 보이는 아름다움 앞에서 독자는 비로소 시간의 고금古今을 가리지 않고 박수를 치게 되는 것이 아닐까.

질병의 어두운 터널을 통과하는 중에도 붓을 놓지 않고 그 속에서 야린 바람 한 오리에도 몸을 떠는 '바람꽃'을 피워 나가는 시인의 멋을 높이 사는 것이다."

이강룡 시인 –《대구문학》

하찮은 변명으로 빈칸을 메워 봐도
맨살로 찬바람 앞에 감당 못할 작은 슬픔
파아란 기억 언저리 이끼로 돋아날까.
미처 준비 못 한 서툰 중얼거림
한 조각 바람으로 손 흔들며 떠나가면
이른 봄 소중한 부호로 웃으며 돌아올까.

「늦가을에 서성이다」 전문

제목이 말해주듯이 '늦가을'이 가져다주는 심

리적 공허감을 나타낸 작품이다. 그토록 푸르고 무성했던 여름이 끝나고 차가운 겨울 앞에 임하는 가을의 모습들 앞에서 스스로 동조되어 가을 나무나 마른 풀의 외양보다도 더 당황스러운 자신을 발견한 것이다. "하찮은 변명으로 빈칸을 메워 봐도/ 맨살로 찬바람 앞에 감당 못할 작은 슬픔"을 어떻게 해소할 것인가. 어찌할 수 없는 자연의 질서 앞에서 다만 '서성이'는 수밖에. 서성이는 것만으로는 해소되지 않는 불안감은 결국 "미처 준비 못 한 서툰 중얼거림"으로 해결을 시도한다. 그래 저렇게 떠난다는 것이 어차피 정해진 수순이고 섭리이거늘 받아들이기로 하자.

민병도 시인 – 《대구문학》

가을 초입부터

잔가지 흔들어 놓고

턱없이 파고드는

빛살 고운 아린 몸살

깊은 밤 하얗게 밝혀도 도도하게 피는 꽃.

한땐 자작나무

눈빛 깊던 맑은 바람

편한 숨 과욕이라며

숨길 조여 헐떡이다

그래도 못다 한 노래 서걱이며 타는 밤.

「언제나 그랬었지」 전문

오죽하면 천식일기까지 시조로 쓰게 됐을까? 좀처럼 떠나갈 줄 모르고 몸을 괴롭히니 그것을 이기는 방도로 천식일기를 기록하고 있다고 봐도 되겠다. 어쩔 수 없다면 동행해야 한다. 다만 늘 조심하고 잘 통제하면서 그 기세를 면밀히 방어하는 길밖에는 없다. 요즘은 워낙 의학이 발달해 의사의 진료와 처방을 잘 따르기만 하면 넉넉히 이길 수 있다. 분주한 꽃길 따라 잰걸음 서두르다 연약한 바람 앞에 얼굴 붉혀 송구한 날에 시의 화자는 마침내 허전한 빈들에 와서 다시 젖은 시를 쓰고 있다. 제목 '언제나 그랬었지'에서 엿볼 수 있듯이 늘 흔들림 없이 살며 천식조차도 때로 벗 삼아 동행하면서 삶을 영위하겠노라는 다짐 같은 것을 시의 행간 곳곳에서 읽는다. 사뭇 긍정적인 시선으로 자아와 세계를 관망하면서 내면을 다독이는 화자의 모습에 따사로운 눈길을 보내고 싶다.

이정환 시인 - 〈대구일보〉

외진 언덕길을 타는 목마름으로
온몸 콜록이며 피어나는 나의 시는
하찮은 중얼거림일까
지나가는 바람일까.

「나의 시는」 2연

하나 둘 떠나간 이름
지워져 송구한 날
깊은 잠 잘 수 없어
꿈에도 오지 않아
간절히 눈물 담아 보낸 와인 한 잔 마신다.

「와인 한 잔」 전문

낯익은 꽃길 따라
왠지 어색한 설렘
조심스런 서툰 걸음
거친 숨 헐떡여도
그날의
꽃비 맞으며
봄 길을 서성이다.

「꽃비 맞으며」

맑고 건강한 상황에서 쓰인 시와는 다소 거

리가 있는 느낌일 수밖에 없다. 시어의 선택이나 전체적인 이미지가 무겁다. 그래서 자책하는 의미의 시가 되고 있다. 비록 기침으로 인해 불면의 밤에 외롭고 힘들게 쓴 작품이지만 '하찮은 중얼거림일까 지나가는 바람일까'라고 반문할 수밖에 없었다. 그러나 멈출 수 없었다. 시조마저 쓰지 못한다면 무얼 해야 할 것인가. 생각만 해도 끔찍한 일이다. 글을 쓰지 못하는 상황이라면 숨만 쉬는 무의식 상태가 되는 것과 뭐가 다르겠는가. 쉽게 잠을 잘 수가 없을 때가 많아 그래서 제자(윤진옥 시인)가 내 처한 힘든 현실을 알고 어렵게 보내준 와인 한 잔을 마시면서 기분을 전환시켜 본다. 기억이 자꾸 멀어져 가는 느낌이라, 은혜로운 사람이나 소중한 사람들의 이름들이 하나씩 지워져 가는 것 같아 너무 죄송하고 미안했다.

힘든 겨울의 긴 밤이 끝나고 올해처럼 새봄이 돌아오면 기온이 높아져 기침의 횟수도 조금 줄어들고 기분도 좋아진다. 비록 먼 곳으로 여행을 할 수는 없어도 가까운 집 주변을 산책하며 꽃비 내리는 봄 길을 서성이면서 봄을 즐긴다. 천천히 걸으면서 숨을 헐떡여도 마치 새 목숨을 얻은 기분으로 마음이 행복하다. 늘 다니는 길이지만 뭔가 조심스럽고 어색하다. 그러나 이런 날은 입맛도 생기고 시를 쓸 여력도 생긴다. 자식들이나 친구들에게 안부 전화도 즐겁게 한다. 받은 쪽이 더 좋아하고 즐거워한다. 매일 봄이었으면 좋겠다는 욕심도 가져 본다.

5. 맺음말

지난번 여섯 번째 시조집(『가을보법』)은 고희 기념으로 자식들의 요청과 힘으로 고맙게 만들었지만, 이번에는 내놓을 만한 작품들이 별로 없고 남들에게 실례가 되는 아픈 이야기만 늘어놓았으니 쉽게 내놓을 수가 없었다. 그러나 깊어지는 병 때문에 남은 날에 대한 자신감이 떨어지고, 조급함 때문에 서둘기는 했지만, 무엇보다도 부족한 내 시에 서평을 해 주신 시인들과, 무명인 나에게까지 고맙게 책을 보내주신 많은 시인들과, 평소 격려와 위안을 해 주신 지인들과 제자들에게 보내는 고마움의 뜻이라고 생각하고 용기를 냈다. 마침 코로나19 때문에 집에만 있어 시간의 여유가 많고 다 찢어진 기분을 돌려보려는 뜻으로 화창한 이 봄날에 발표하고 싶었다. 남은 날 새롭고 예쁜 '바람꽃' 같은 작품을 더 많이 꽃피우기 위해 열심히 노력하기를 다짐해 본다.

특히 이번 시집의 표지는 우리 큰아들이 바쁜 업무에 피곤한 일과 중에도 주말에 밤 새워가며 시 분위기에 잘 맞게 그림도 그리고 구성한 것이라서 부자간의 깊은 정으로 만들어진 소중한 시집임을 큰 기쁨으로 생각한다.